독도를 지켜라

독도를 지켜라

고정욱 글 | 강현정 그림

초판 인쇄 | 2011년 12월 15일
초판 발행 | 2011년 12월 20일

지은이 | 고정욱
그린이 | 강현정
펴낸이 | 신현운
펴낸곳 | 연인M&B
기   획 | 여인화
디자인 | 이수영 이희정
마케팅 | 박재수 박한동
등   록 | 2000년 3월 7일 제2-3037호
주   소 | 143-874 서울특별시 광진구 자양동 680-25호(2층)
전   화 | (02)455-3987   팩스 | (02)3437-5975
홈주소 | www.yeoninmb.co.kr
이메일 | yeonin7@hanmail.net

값 10,000원

독도를 지켜라

고정욱 글 | 강현정 그림

연인M&B

작가의 말

옛날 역사를 공부해 보면 거의 다 전쟁의 역사입니다. 몇 년도에 누가 우리를 쳐들어왔고, 또 언제 다시 쳐들어왔고, 우리는 거기에 밀려서 망했고, 다시 일어났고……. 한민족은 특히 침략을 많이 당한 민족입니다. 그러면서도 남을 침략한 적은 별로 많지 않습니다.

과거나 지금이나 전쟁은 뭔가 얻을 이익이 있기 때문에 생깁니다. 그이익이 소중하기 때문에 쉽게 내주지 않으니 강제로 뺏기 위해 전쟁을합니다. 한마디로 죽느냐 사느냐입니다. 이기면 모두 다 가지지만 지면 다 뺏기기 때문입니다.

그러면 그 이익은 무엇일까요? 대부분은 영토입니다. 영토를 가진다는 건 그만치 이익이 크다는 뜻입니다. 칭기즈칸이 대제국을 얻은 것도, 신대륙에 상륙한 백인이 인디언들을 몰아내며 땅을 차지한 것도다 영토 때문입니다. 영토를 가져야 그 영토가 주는 여러 가지 혜택이자기 것이 되기 때문입니다.

지금 일본은 우리의 영토인 독도를 노리고 있습니다. 끈질기게 빼앗으려 하고 있습니다. 만일 독도를 빼앗긴다면 우리의 나머지 영토도 안심할 수 없습니다. 우리 국민이 독도를 지키려 하는 이유가 바로 그것입니다.

　어린이들도 독도에 관심이 많다는 것을 알고 동화로 써서 그 소중함을 알려야겠다는 생각을 했습니다. 이왕 상상력을 발휘하는 김에 독도를 놓고 전쟁이 벌어지는 것까지 써 봤습니다. 그러니까 정말 우리의 힘을 기르는 것이 무척 중요하다는 결론을 얻을 수 있었습니다.

　영토 야욕이 있는 일본이 바로 우리 이웃입니다. 정신을 바짝 차려야 합니다. 그것은 어린이들이 미래의 주인공이기 때문에 더더욱 그렇습니다. 모쪼록 아름다운 독도를 우리 후대에 길이길이 물려줄 수 있었으면 좋겠습니다.

2011년 가을 북한산 기슭에서

고정욱

차례

수학여행지를 정하자

"애들아, 조용, 조용!"

회장인 우석이가 교탁 앞으로 나와서 학급 아이들을 조용히 시켰습니다. 오늘은 특별히 학급 회의를 열어 수학여행지를 정해야 하기 때문입니다.

은성초등학교 아이들은 이번에 수학여행을 가기로 했습니다. 6월 15일부터 18일까지 3박 4일간의 일정이었습니다. 하지만 학교 전체가 한꺼번에 가는 것이 아니라 학급별로 원하는 곳을 정해서 가기로 했습니다. 옆 반인 3반은 제주도로 간다고 했고, 2반은 설악산, 그리고 1반은 남해안으로 갑니다. 이제 6반인 유천이네 반만 갈 곳을 정하면 되었습니다.

"수학여행지는 학생들이 정하는 거니까, 여러분들이 알아서 회의를 해 보세요."

긴 머리를 찰랑거리며 선생님은 아이들에게 회의를 맡겼습니다. 선생님이 의자에 앉자 우석이는 개회를 선언했습니다.

"자, 그러면 학급 회의를 시작하겠습니다. 오늘의 안건은 수학여행을 어디로 갈지 정하는 것입니다. 수학여행이 뭔지 사전을 찾아보니까 이렇게 되어 있었습니다. 학습 활동의 하나로 학생들에게 어떤 지역을 직접 찾아가서 그 지역의 문화 등을 직접 익히며 견문을 넓히는 거라고 했습니다. 또, 선생님과 학생들 사이에 단결심을 기를 수 있으며 좋은 추억거리를 만드는 거라고도 했습니다. 그러니 잘 생각해서 마땅한 수학여행지를 추천해 주시기 바랍니다."

의젓한 우석이의 말에 아이들은 여기저기서 손을 들었습니다. 각자 자신이 생각해 둔 수학여행지에 대한 주장을 펼치기 위해서입니다. 먼저 민지가 발언권을 얻었습니다.

"저는 수학여행으로 경주를 가고 싶어요. 경주는 역사가 오래된 곳이고, 왕릉도 많이 있어요. 저희 엄마 아빠도 경주에 갔다 와서 좋은 거 많이 봤대요. 이번 기회에 경주를 가는 게 좋을 것 같아요."

민지가 의견을 내자 또 다른 아이인 청석이도 일어났습니다. 청석이는 떨리는 목소리로 말했습니다.

"저는 대천해수욕장에 가고 싶어요. 대천해수욕장은 바다

도 볼 수 있구요, 그리고 맛있는 해산물도 먹을 수 있어요.

백사장이 무려 3.6킬로미터이고 너비는 100미터래요. 한국

의 5대 해수욕장 중 하나이며, 서해안 최대의 해수욕장이라니까 거기를 꼭 가 보고 싶어요."

아이들은 이렇게 자기가 수학여행 때 가고 싶은 곳을 하나하나 얘기했습니다. 그때 유천이는 가슴이 조마조마했습니다. 웬만한 수학여행지가 다 나왔지만, 아직 유천이가 가고 싶은 곳은 나오지 않았기 때문입니다. 아니 그곳은 누구도 쉽게 추천하기 어려운 곳이기도 했습니다. 더 이상 추천이 나오지 않게 되자 유천이가 망설이다 조심스럽게 손을 들었습니다.

"저요!"

회장인 우석이가 유천이에게 발언권을 줬습니다.

"마유천 어린이, 말씀하세요."

유천이가 의자를 밀치고 일어나 말했습니다.

"저는 독도로 갔으면 좋겠습니다."

그 말에 아이들은 모두 술렁거렸습니다.

"독도? 독도를 가자고?"

"너무 멀잖아. 그리고 일본이 지금 자기네 땅이라고 주장하는데……."

아이들이 술렁거리는 것에 아랑곳하지 않고 유천이는 말했습니다.

"저는 독도를 갔으면 합니다. 우리나라의 동쪽 끝은 바로 독도입니다. 하지만 지금 일본이 자꾸 독도를 자기들 땅이라고 주장하고 있습니다. 사람들은 전쟁이 날지도 모른다고 합니다. 이럴 때일수록 우리가 독도를 한번 직접 가서 구경하고 독도가 정말 우리 땅이라는 사실을 가슴속 깊이 새겨야 한다고 생각합니다."

"말도 안 돼! 독도가 얼마나 먼데 거길 어떻게 가?"

"그래, 나 배 타는 거 무서워."

대부분의 아이들은 놀란 표정이었고 몇몇 아이들은 불가능하다며 제각각 투덜대고 있었습니다. 그러자 선생님이 일어나 말했습니다.

"얘들아, 조용조용! 독도라고 해서 우리가 못 갈 건 없어요. 여러분들이 모두 가길 원한다면 갈 수 있지요. 그래도 몇 년 전보다 독도에 가기가 많이 쉬워졌으니까 계획을 잘 짠다면 재미있고 유익한 시간을 보낼 수도 있을 거예요."

이때는 2022년이었습니다. 2011년 일어난 대지진으로 경제가 어려워진 일본은, 그 후로 십여 년이 지났지만 아직도 지진의 후유증에 시달리고 있었습니다. 위축된 경기는 잘 풀리지 않았고, 크고 작은 지진이 계속해서 일어나면서 사람들은 두려움에 떨고 있었습니다. 게다가 방사능이 생각보다 많이 유포되어서 정부에 대한 국민들의 믿음도 부쩍 떨어졌습니다. 일본에 있는 많은 공장들이 한국으로 옮겨 왔고, 사람들도 일본을 많이 떠났습니다.

원전 폭발과 방사능 누출로 인해 일본의 원자력 발전에 커다란 구멍이 생겼습니다. 그래서 일본은 새로운 에너지를 찾아야 할 필요가 있었고, 이에 따라 새로운 자원도 많이 개발해야 했습니다. 이때 일본이 노린 것은 바로 독도 부근에 묻혀 있는 막대한 지하자원이었습니다.

선생님은 갑자기 생각난 듯 독도의 지하자원에 대해 이야기를 했습니다.

"지금 유천이가 독도를 가자고 한 것은 좋은 생각이에요. 독도 주변에는 수산자원도 많고, 지하자원도 많이 묻혀 있어서 일본이 그것을 호시탐탐 노리고 있죠. 특히 일본은 고체

천연가스를 탐내고 있답니다."

얼마 전 과학 실험 시간에 선생님은 고체천연가스를 보여
주었습니다. 일본 수상이 의회에서 강력한 어조로 독도가
자신들의 땅이라고 망언을 한 뒤였습니다. 온 나라가 들고
일어나 일본을 규탄할 때였습니다. 독도의 무한한 지하자원
이 우리 것이라는 사실을 학생들에게 교육시키기 위해 교육
인적자원부에서 각 학교에 고체천연가스를 조금씩 나눠 줘

실험을 하도록 했기 때문입니다.

　고체천연가스는 메탄이 주성분인 얼음 형태의 가스입니다. 천연가스가 얼음처럼 굳어 있는 것인데, 불을 붙이면 파란 불꽃을 내며 오래오래 타올랐습니다. 마치 고체알코올 같았습니다. 유천이는 고체천연가스에 대해 선생님이 설명했던 것을 떠올렸습니다.

　"애들아, 이 가스는 이산화탄소가 아주 적게 나오는 깨끗한 자원이야. 독도하고 포항 사이에 광맥이 분포하고 있단다. 이 천연가스는 에너지 자원을 거의 대부분 수입하는 우리나라에게는 굉장히 소중한 자원이지. 게다가 태울 때 이산화탄소도 적게 발생하기 때문에 환경문제가 지금보다 더욱 강조될 미래에 아주 중요하지. 그래서 이 천연가스를 개발하게 되면 우리나라는 엄청난 이득을 볼 수 있단다."

　유천이는 독도의 중요성에 대해 그동안 신문이나 방송 등을 통해 여러 가지 이야기를 들었습니다. 어떤 사람들은 독도 밑에 엄청난 석유가 묻혀 있다고 했습니다. 또 어떤 사람은 독도 아래에 있는 해양 심층수가 매우 깨끗하고 영양소도 풍부해 이 물로 농사를 지을 수도 있고 식수로 쓸 수도 있다고 했습니다. 한마디로 독도는 이같은 자원의 보고인 것입니다. 일본은 그런 독도를 내내 노리고 있다가, 몇 년 전부터 본격적으로 차지하려고 욕심을 부리고 있었습니다.

"독도로 가는 건 좋은데, 아이들이 잠을 자기에 불편하지는 않을까?"

선생님이 물었습니다. 그러자 유천이가 말했습니다.

"선생님, 독도에 유스호스텔이 있잖아요. 거기에 예약을 하면 돼요."

한국 정부는 일본이 독도를 노리자 동도와 서도 사이를 연결하여 유스호스텔을 2020년에 지었습니다. 그리하여 많은 청소년들을 독도에서 자고 갈 수 있게 하여 독도의 기운을 받고 독도가 우리 땅이라는 사실을 더 많이 깨닫도록 했습니다. 완전히 사람들이 거주하는 영토로 만들어 버린 것입니다. 물론 이 유스호스텔을 지을 때 일본의 반대가 아주 심했습니다.

"자, 그러면 어디로 가면 좋을지 토론해 보고 투표하도록 하자."

아이들은 각자 좋다고 생각하는 수학여행지를 말했습니

다. 의견들은 대개 경주와 포항제철과 그리고 독도로 좁
혀졌습니다.

"나는 경주가 좋아."

"나는 포항제철이 보고 싶어."

"나는 독도!"

그러자 회장인 우석이가 번득이는 좋은 의견을 내놓았습니다.

"그러면 이렇게 하는 게 어떨까요? 독도를 갔다 오면서 포항과 경주를 구경하고 오는 겁니다. 울릉도에서 하루, 독도에서 하루, 그리고 경주에서 하루 자고 오는 거지요. 이러면 우리가 가고 싶은 곳은 다 들르는 게 되니까요."

그 말을 들은 아이들이 모두 좋아했습니다.

"와! 좋아!"

"아주 좋은 생각이야!"

투표를 할 필요도 없었습니다. 그냥 만장일치로 결정되어 버린 것입니다.

"그러면 수학여행지는 독도로 결정하겠습니다."

우석이가 나무로 만든 망치를 세 번 치자 수학여행지는 독도로 통과가 되었습니다.

유천이는 가슴이 설레었습니다. 사실 유천이가 독도로 가자고 주장한 또 다른 중요한 이유가 있었습니다. 독도에서 해안경비대로 근무하는 형 유식이를 만날 수 있을 것이기 때문입니다. 형이 멀리 독도에 있어서 유천이는 오랫동안 형

21

을 만나지 못했습니다. 형이 복무하는 독도에 꼭 한 번 가는 게 유천이의 소원이었는데, 이렇게 이루어지게 된 것입니다.

집으로 돌아가면서 유천이는 속으로 중얼거렸습니다.

'유식이 형, 기다려! 내가 곧 갈게!'

드디어 떠나는 수학여행

장마가 시작되기 전인 6월 중순이 되었습니다. 그날은 드디어 유천이네 반이 수학여행을 가는 날입니다. 유천이네 반 아이들은 모두 서울역 대합실에 모였습니다. 서울역 대합실 한가운데에 있는 자동차 전시장 앞에서 만나기로 한 것입니다. 아침 일찍 기차를 타고 포항으로 가서, 여객선을 타고 울릉도로 들어가는 것이 독도를 방문하는 이번 수학여행 코스였습니다.

"유천아! 여기야, 여기야!"

먼저 온 아이들이 유천이를 보고 반갑게 소리쳤습니다.

유천이는 아이들 쪽으로 달려갔습니다. 어깨에 멘 배낭 안

에는 옷이며 세면도구와 먹을 것들과 같이 수학여행 기간 동안 사용할 여러 물품들이 들어 있었습니다. 선생님은 벌써 와서 아이들이 몇 명이 왔나 체크하고 있었습니다.

"선생님, 안녕하세요?"

유천이가 인사를 하자 선생님은 환하게 웃으며 고개를 끄덕였습니다. 그리고 유천이의 머리를 쓰다듬어 주었습니다.

"그래, 유천아. 형한텐 연락해 놨니?"

"네."

수학여행지가 독도로 결정된 바로 그날 유천이는 형에게 전화를 걸었습니다. 형은 유천이네 반 아이들이 독도로 온다고 하자 잔뜩 들뜬 목소리로 말했습니다.

"그래 유천아, 어서 와. 우리 소대원들도 너희들을 기다리고 있어. 우리가 꼭대기 초소도 보여 줄게. 원래 아무한테나 보여 주는 거 아닌데, 이번에 특별히 보여 주는 거야."

유천이의 형도 가슴이 설레었습니다. 그래서 유천이네 반 아이들을 위해 편의를 봐주었습니다. 원래 독도 유스호스텔은 인원이 제한되어 미리 예약을 하지 않으면 묵을 수가 없을 정도로 인기가 좋았습니다. 그렇지만, 유천이 형의 특별 부탁으로 다른 팀이 취소한 여행 스케줄 대신 들어가 유천이네 반 아이들이 독도 유스호스텔에서 하루 묵을 수 있게 되었습니다.

　아이들은 독도를 가는 것에 대한 기대감으로 대부분 전날 밤잠을 설쳤습니다.

　"와아, 독도에서 잠을 자다니, 진짜 대박이다."

　"그러게 말이야. 완전 최고야!"

　기차가 출발하기 이십 분 전까지 선생님은 아이들을 점검했습니다. 출석을 부르자 아이들이 대답을 했습니다. 아이들을 배웅 나온 몇몇 부모님들이 옆에서 아이들을 걱정스러운 듯이 쳐다보았습니다.

　"선생님, 잘 부탁합니다."

　"걱정하지 마세요. 이번 독도 여행은 아주 뜻 깊은 여행이 될 거예요."

　선생님은 부모님들의 말에 대꾸한 뒤 아이들에게 말했습니다.

"자, 다들 모인 것 같다. 민석이만 사정이 있어서 포항에서 바로 합류할 거야. 그러면 얘들아, 이제 기차를 타러 가자."

"민석인 왜 안 왔대?"

선생님의 말을 들은 민지가 옆의 아이에게 물었습니다.

"응, 민석이 할아버지가 포항 사시는데 조금 편찮으시대. 그래서 민석이랑 민석이네 아빠랑 같이 걔네 할아버지한테 어제 갔어. 민석이는 이따가 포항터미널에서 우리랑 합류한대."

"정말이야?"

"응, 그래서 어저께 포항에 갔대."

"치, 같이 가야 여행이지 뭐."

몇몇 아이들이 구시렁거렸습니다. 유천이는 여기에 대해 더 말하지 않았습니다.

민석이는 유천이와 독도 문제로 토론할 때 크게 한판 논쟁을 벌인 적이 있는 아이였습니다. 독도로 수학여행을 가게 되자 선생님은 지난 주에 심화학습으로 아이들에게 독도에 대해 조사해 오도록 했습니다.

"무작정 독도에 대해 알지도 못하고 가는 것보다는, 이왕 가는 김에 독도에 대해 여러 가지로 공부하고 가는 게 좋겠죠?"

그리하여 아이들은 모두 독도에 대해서 조사를 해 왔습니다. 먼저 유석이는 독도의 크기와 위치를 말했습니다.

"제가 독도에 대해서 발표하겠습니다. 독도는 우리나라의 맨 동쪽에 위치한 섬입니다. 동도와 서도, 두 개의 섬으로 되어 있고 여든아홉 개의 암초로 구성되어 있습니다. 일본이 자꾸 독도가 자기네 섬이라고 하잖아요. 그런데 독도에서 가장 가까운 오키 섬은 157.5km나 떨어져 있습니다. 하지만 울릉도에서는 87.4km밖에 떨어져 있지 않습니다. 그래서 독도는 우리의 땅입니다. 오키 섬은 독도에서 너무 멀기 때문에 일본이 독도가 자기네한테 딸려 있는 섬이라고 말할 수가 없는 것입니다."

민지는 독도의 날씨를 설명했습니다.

"독도의 날씨는 해양성기후입니다. 바람이 많이 부는데 주로 동풍과 남서풍이 불고 바람의 속도는 다른 곳보다 훨씬 강합니다. 강수량은 연평균 1400mm인데, 주로 7월과 8월에

비가 많이 오고 겨울에는 눈도 많이 내립니다. 그리고 독도의 평균기온은 12℃입니다. 여름에는 다른 곳보다 시원하고 겨울에는 다른 곳보다 따뜻하다고 합니다. 그래서 여름과 겨울의 기온 차가 작습니다."

유천이는 독도의 역사에 대해서 조사를 해 왔습니다.

"독도가 언제부터 우리 땅이었냐 하면 서기 512년부터입니다. 그때는 신라 지증왕 때인데 우산국이라는 나라가 신라에 합쳐졌습니다. 우산국은 지금의 울릉도입니다. 그래서 우리의 고유 영토가 된 것입니다. 사실 독도라는 이름보다는 우산국에 속해 있었기 때문에 우산국이라고 하는 게 맞습니다. 19세기까지는 우산도라고도 불렸는데, 그 이름은 바로 울릉도와 독도를 포함한 것입니다. 이것은 옛날 역사책인 『삼국유사』와 『삼국사기』에도 잘 나와 있습니다. 우산도가 울릉도와 독도라는 것을 우리가 절대 잊어버리면 안 됩니다. 그리고 날씨가 좋을 때는 울릉도에서 독도가 눈에 잘 보입니다. 『세종실록지리지』에도 독도는 날씨가 좋으면 울릉도에서 보인다고 기록이 되어 있습니다. 바로 독도가 우리 땅임을 알 수 있는 증거입니다."

민석이 역시 독도의 역사에 대해 조사를 해 왔습니다. 하지만 유천이와는 약간 다른 이야기를 했습니다.

"저는 일본 쪽의 주장을 조금 생각해 보았습니다. 일본이 왜 자꾸 독도가 자기네 땅이라고 하는 것인가 생각해 보았습니다. 그랬더니 우리나라에도 약간 책임이 있었다는 걸 알았습니다. 조선 시대에 들어와서 울릉도를 비워 놓았기 때문에 일본 사람들이 들어와서 차지하고 자기네 땅이라고 주장하게 된 것입니다. 우리 땅이었다면 끝까지 지키고 버텼어야 합니다."

그러자 듣고 있던 우석이가 말했습니다.

"선생님, 저는 반대 생각입니다. 왜구들이 너무 많이 쳐들어와서 울릉도 사람들을 괴롭혔기 때문에 나라에서 울릉도를 아예 비워 놓은 것입니다. 왜구들 때문에 사람들이 자꾸 죽으니까요. 하지만 울릉도는 육지에서 너무 멀어서 군사들이 가서 구해 줄 수가 없습니다. 그래서 차라리 섬을 비우는 게 좋다고 한 것입니다. 그렇다고 그게 일본에게 땅을 내주었다는 뜻은 아닙니다. 빈 섬이라고 일본의 땅이 되는 건 아니니까요. 만일 그렇다면 이 세상 모든 빈 섬은 아무나 먼저 차지하는 게 임자일 것입니다."

그러자 이번에는 민석이가 다시 일어났습니다.

"아무리 우리 땅이어도 우리가 지키지 못하면 그것은 우리 땅이 안 될 수도 있습니다. 지금 울릉도는 물론이고 독도에 경찰들이 가서 지키고 있으니까 그나마 일본이 어쩌지 못하는 것입니다. 만일 일본 군대가 쳐들어와서 독도를 빼앗아 간다면 독도를 지키는 경찰이 막을 수 없다고 생각합니다. 대포 한 방이면 다 죽을 수도 있습니다."

그 말을 듣자 유천이는 화가 났습니다. 독도를 지키고 있는 형이 죽을 수도 있다는 말이 너무하다고 생각한 것입니다.

"야! 그럼 우리 독도가 뺏겼으면 좋겠다는 말이야? 우리 형이 거기서 복무하는데 그럼 죽으라는 거야?"

그러자 민석이는 약간 당황했습니다. 유천이의 형이 독도에서 근무하는지 몰랐기 때문입니다. 하지만 민석이는 지지 않고 말대꾸를 했습니다.

"일본이 쳐들어온다는 게 아니라 그만큼 우리 땅이라면 잘 지키고 관리를 했어야 한다는 거야."

"옛날 얘기를 가지고 왜 그래! 지금은 잘 지키고 있잖아!

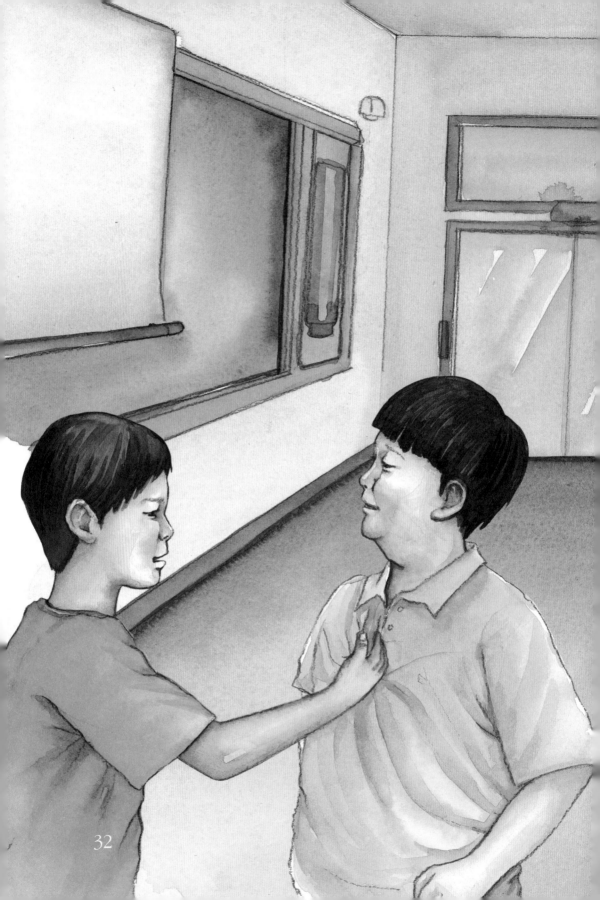

대포가 터지면 죽는다고? 너 우리 형이 죽길 바라는 거냐?"

"야! 너 무슨 말도 안 되는 소릴 하고 있냐?"

유천이와 민석이는 싸우기 직전까지 갔습니다. 그러자 선생님이 나서서 말렸습니다.

"얘들아, 토론할 때 그렇게 감정을 세우고 싸우면 안 되는 거야. 자, 흥분하지 말고……."

하지만 유천이는 분이 풀리지 않았습니다. 일본 편을 든다는 것도 기분이 나빴지만 대포가 터져서 독도를 지키는 경찰이 다 죽을 수 있다는 말은 정말 생각하기도 싫은 일이었습니다. 옆자리에 있던 민지가 말했습니다.

"유천아, 참아. 민석이네 아빠는 있지, 일본 차 타고 다녀."

그 얘기는 유천이가 처음 듣는 거였습니다.

"정말이야?"

"그래, 일본 차 되게 좋다고 저번에 자랑하는 거 봤어. 정말 왕재수야."

"그러면 일본에게 이익을 주는 거잖아."

그때부터 유천이는 민석이를 쳐다보지도 않게 됐습니다. 우리나라 땅을 노리고 있는 일본의 차를 사다니, 유천이 입장에서는 상상도 할 수 없었습니다. 그런데 이번에 여행을 가는데 처음부터 같이 행동하는 게 아니라 따로 가서 포항에서 합류한다니까 약간 기분이 이상했습니다.

KTX에 오른 아이들은 모두 신이 나서 자리를 잡고 앉았습니다. 이윽고 기차는 서울역을 미끄러지듯 빠져나갔습니다. 기차가 속력을 내기 시작하자 아이들의 가슴은 모두 설레었습니다.

쾌속선에서

　포항에 도착한 아이들은 모두 쾌속선을 타기 위해 터미널로 이동했습니다. 시내버스를 타고 바다가 보이는 터미널에 도착하자 울릉도로 가는 날렵한 배가 서 있는 것이 보였습니다.

　"와, 저게 우리가 탈 배래."

　"정말이야? 멋지다!"

　아이들은 유선형의 배를 보자 감탄을 금치 못했습니다.

　"선생님 안녕하세요?"

　멋진 일제 승용차에서 민석이 아빠가 내리더니 달려와 선생님에게 인사를 했습니다.

37

"어머, 민석이 아버님."

민석이 엄마와 민석이가 뒤늦게 차에서 내려 허둥지둥 달려왔습니다.

"시간 딱 맞춰 오셨군요."

"네, 어제 서울에서 출발해 할아버지 댁에서 잤어요."

민석이가 말했습니다.

"잘했어. 이렇게 수학여행 올 때라도 할아버지 뵈어야지."

민석이는 아이들이 아빠가 타고 온 차를 쳐다보는 걸 알자 으쓱한 표정이 되었습니다. 그걸 본 아이들은 입을 삐죽거렸습니다.

"치, 일본 차면 다야?"

"독일 차가 더 멋있어."

그런 걸 아는지 모르는지 민석이는 아빠 엄마에게 손을 흔들고 배 타는 곳으로 왔습니다.

울릉도까지 가는 번개호는 작년에 새로 취항한 배였습니다. 얼마나 빨리 가는지 울릉도까지 세 시간이면 간다고 했습니다. 표를 끊고 선생님은 아이들을 배에 태웠습니다. 배에 올라가자 넓은 객실이 마치 비행기의 좌석 같았습니다.

"와, 진짜 넓다! 이렇게 넓은 배는 처음 타 봐!"

아이들은 모두 자리를 잡고 재잘재잘 떠들었습니다. 유천이도 신이 나는지 친구들과 함께 창밖을 내다보며 이야기를 나눴습니다. 이윽고 경적을 울리더니 배는 서서히 항구를 빠져나갔습니다.

"우와~!"

항구를 빠져나온 배는 처음에는 천천히 달렸습니다. 이윽고 큰 바다로 나서자, 배는 엔진에 힘을 주고 속도를 냈습니다. 그러자 쾌속선이라는 이름에 걸맞게 바다 위를 날듯이 달렸습니다. 바람이 불고 파도가 쳤지만, 거기에 아랑곳하지 않고 배는 빠르게 전진했습니다.

상쾌한 바닷바람이 객실 안으로 밀려 들어왔습니다. 몇몇 아이들은 갑판에 나가 바닷바람을 쐬었습니다. 철썩철썩 파도 위를 날듯이 달리는 배는 마치 놀이기구 같았습니다. 배가 얼마나 빠른지 머리카락이 온통 휘날리며 파도에 금세 옷이 젖기도 했습니다. 하지만 아이들은 마냥 신이 나 있었습니다. 옷이 젖든 머리가 헝클어지든 상관하지 않았습니다. 계속해서 신나게 놀다 보니 어느새 배가 출출해졌습니다.

그러면 아이들은 가져온 김밥이며 과자를 먹으면서 객실에 앉아 쉬지 않고 이야기를 나누었습니다.

"와! 대박이다! 완전 최고야!"

"배 타는 게 이렇게 좋을 줄 몰랐어."

하지만 조금 지나자 몇몇 아이들의 표정이 일그러지기 시작했습니다. 멀미가 찾아온 것입니다.

"선생님, 속이 메슥메슥해요."

아이들이 하나 둘씩 선생님에게 고통을 호소하기 시작했습니다.

"저런, 멀미가 나는구나. 얼른 화장실로 가렴."

선생님의 안내로 아이들은 비틀거리며 화장실로 갔습니다. 하지만 이미 화장실은 만원이었습니다. 뱃멀미를 하는 사람들이 화장실로 몰려들었기 때문입니다.

"우왝! 우왜액!"

듣기만 해도 구역질이 나는 토악질 소리가 들렸습니다. 유천이도 배를 탄 지 한 시간 정도 지나자 머리가 어질어질하고 속이 거북해졌습니다. 조금 지나자 배는 더욱 요동을 쳤습니다. 그러자 마치 속이 뒤집어지는 것만 같았습니다.

"으, 못 참겠어."

재빨리 화장실로 달려갔습니다. 마침 우석이가 토하고 나온 화장실 변기에다 대고 유천이도 토를 했습니다. 먹은 것을 다 토해 내자 속이 조금은 편해지는 것 같았습니다. 하지만 계속 머리는 빙빙 돌았습니다. 파도 때문에 배가 한 번씩 공중에 떴다가 떨어질 때마다 가슴이 덜컹덜컹 내려앉았습니다. 그나마 유천이는 좀 나은 편이었습니다. 벌써 멀미로 축 처진 아이들도 있었던 것입니다.

"아이고, 죽겠다. 나 울릉도 안 갈래. 다시 돌아갈 거야."

"누가 독도 가자고 했어?"

"아이, 죽겠다!"

대부분의 아이들이 멀미로 인해 널브러져 있었고 선생님 역시 지쳐서 얼굴이 하얘졌습니다. 하지만 민석이만은 아무렇지도 않은 얼굴이었습니다. 혼자서만 지극히 태연한 얼굴을 한 채였습니다.

"나는 멀미가 안 나. 이상하다? 왜 나만 멀미를 안 하지?"

사람들 가운데는 멀미하지 않는 체질을 가진 사람이 있었는데 민석이가 바로 그랬습니다. 다른 아이들은 모두 민석

이를 부러워했습니다. 하지만 나중에는 부러워할 기운조차
없었습니다.

"으아앙, 엄마, 아빠……보고 싶어……."

몇몇 아이들은 눈물까지 흘렸습니다. 하지만 배는 계속해
서 바람과 파도에 요동쳤고 그래서 멀미는 그치질 않았습니
다. 유천이도 화장실에 몇 번 갔다 온 뒤 그만 녹초가 되고
말았습니다. 멀미하지 않는 민석이만 여기저기 다니면서 아
이들을 부축해 주었습니다.

"조심해, 조심해."

아이들을 화장실에 데려다 주고 객실로 데려오는 일이 민
석이의 할 일이었습니다. 유천이가 화장실을 가려고 일어나
자 민석이가 다가왔습니다.

"내가 도와줄까?"

유천이가 느끼기에, 민석이의 도와주겠다는 말투에는 왠
지 '나는 멀미를 안 하니까 너희들보다 나아'라는 우월감이
있는 것 같았습니다.

"아, 필요 없어."

민석이의 손을 탁 치고 화장실에 도착한 유천이는 비틀거

리며 변기 앞에 토하려고 앉았습니다. 하지만 뱃속에서는 노란 물만 쏟아져 나올 뿐이었습니다. 다 토해서 더 이상 토할 것도 없었습니다. 다시 돌아와 자리에 앉은 유천이는 생각했습니다.

'아, 휴가 나올 때마다 이렇게 형이 힘들게 울릉도로 가는 거였구나.'

형은 가끔 휴가를 나오면 서울에서 친구를 만나고 쉬다가 배를 타고 독도로 가곤 했습니다. 그걸 생각하니 유천이는 형 생각이 더욱 간절했습니다. 이렇게 고생을 하면서도 한 번도 고생한다는 내색을 하지 않는 형입니다.

정신이 없는 사이에 배 안의 텔레비전에서는 뉴스가 흘러 나왔습니다.

"일본 정부가 또다시 독도가 자기들의 땅이며, 한국이 유효적으로 점령하고 있는 사태는 좌시하지 않겠다고 경고를 하고 나섰습니다. 이에 따라 한국 정부에서는 독도는 역사적으로나 문화적으로 한국의 땅이며 대응할 가치도 없는 주장이라고 반박했습니다. 정부는 군에 비상경계령을 내리면서 독도에 혹시 있을 만일의 사태에 대비하고 있는 상태입니다."

배를 타고 가던 어른들이 술렁거렸습니다.

"일본이 또 시작이야."

"그러게요, 작년에는 일본 해군이 독도 부근까지 왔다가 우리 해군에게 밀려났었잖아요."

작년에는 정말 독도에서 전쟁이 나기 직전까지 갔더랬습니다. 일본 해군이 다가오자 황급히 한국 해군과 공군이 출동했던 것입니다. 두 나라 군대가 팽팽히 맞서다 결국 일본군이 돌아감으로써 사건이 마무리된 적도 있었습니다.

"자기들도 궁지에 몰린 게지. 어떻게든 독도를 차지해서 자원을 차지하려는 거야."

어른들의 이야기를 들으면서 유천이는 자신도 모르게 지쳐 잠이 들고 말았습니다.

아름다운 울릉도

드디어 쾌속선이 울릉도 항구에 도착했습니다. 많은 울릉도 사람들이 나와 승객들을 환영해 주었습니다. 하지만 배에서 내리는 사람들은 대부분 멀미로 초주검이 되어 있었습니다.

"아, 어지러워 죽겠어."

"우아, 살았다. 드디어 육지다."

아이들은 엉금엉금 기다시피 하면서 배에서 내렸습니다. 선생님도 정신을 차리지 못한 채 자꾸만 비틀거렸습니다. 반 아이들이 다 내려오자 선생님은 여관에서 마중나온 주인을 만나 인사했습니다.

"안녕하세요?"

"아유, 선생님. 멀미를 심하게 하셨군요."

"네, 아이들이 모두 고생했어요."

"괜찮아질 겁니다. 이제 육지에 도착했으니까."

여관 주인의 말대로 아이들은 점차 기운을 회복하기 시작
했습니다. 언제 그랬냐는 듯 어지럼증이 가시고, 땅이 흔들
리는 증세가 사라졌습니다. 이렇게 정신이 차츰 돌아오자,
비로소 아이들의 눈에 울릉도가 얼마나 아름다운지 보이기
시작했습니다.

"와, 정말 짱이다. 공기가 진짜 맑아!"

"하늘도 엄청 예뻐. 저런 에메랄드빛 하늘 본 적 있냐?"

"그러지 말고 저 물 좀 봐봐. 저렇게 파란 바다는 처음 봐."

아이들의 말대로 물은 정말 맑았습니다. 바다 밑 깊은 곳까
지도 들여다보였습니다.

"자, 이제 우리 여관으로 가시지요."

계획대로라면 울릉도에서 하루를 자고 다음 날 독도로 건
너가기로 했습니다. 패잔병처럼 아이들은 여관 주인 뒤를
따라갔습니다. 마치 옛이야기에 나오는 피리 부는 사람을

48

따라 사라진 아이들 같았습니다.

"여보, 학생들 왔어요."

주인 아저씨가 여관으로 들어서며 안에 대고 소리쳤습니다. 여관은 평범한 가정집 같은데 ㅁ자로 집이 앉아 가운데가 마당이었습니다. 마루에는 이미 흰 종이를 깐 상 위에 음식이 차려지고 있었습니다. 구토를 하면서 속을 다 토해 낸 아이들은 모두 배가 고팠습니다. 배에서 꼬르륵 소리가 합주를 했습니다.

"와, 맛있겠다!"

"아, 배고파! 속이 텅텅 비었어."

욕실에서 손발을 다 씻은 아이들은 여관에서 차려 놓은 해산물 정식을 맛있게 먹었습니다. 시장이 반찬이라고 완전히 꿀맛 같았습니다.

"아, 살 것 같아."

그 와중에도 한두 명은 아직도 멀미 때문에 기운을 차리지 못하고 있었습니다.

저녁을 먹은 아이들은 울릉도의 해안길을 산책했습니다. 시원한 바닷바람에 뛰어난 경치는 정말이지 황홀할 지경이었습니다. 이곳이 우리나라 땅이라는 사실이 너무나 자랑스럽고 고마웠습니다.

해가 지는 붉은 저녁 하늘을 바라보고 아이들은 밤이 되자 다시 여관으로 돌아왔습니다. 선생님은 아이들을 한 방에 모이게 한 뒤 아이들에게 토론 프로그램을 진행케 했습니다.

"얘들아, 내일 우리가 독도에 갈 거니까, 독도에 대해서 좀 더 공부를 해 보자."

독도에 대해서 발표를 하도록 선생님은 아이들을 이끌었습니다.

"아이, 선생님. 여기까지 와서 공부에요?"

"맞아요. 그냥 놀아요."

하지만 선생님은 고개를 저었습니다.

"노는 건 얼마든지 시간 있어. 울릉도에서 독도를 공부하는 게 정말 의미가 있는 거야. 안 그래도 일본이 지금 우리 독도를 호시탐탐 노리는데, 여기서 지식을 익히면 얼마나 머리에 쏙쏙 들어오겠니? 자, 토론 준비 다 해 왔지?"

선생님은 아이들에게 미리 공부를 해 오라고 했습니다.

"자, 유천이가 먼저 안용복에 대해서 발표하기로 했지?"

"네."

유천이가 일어났습니다. 유천이의 주제는 독도 문제를 논의할 때 가장 중요하게 여기는 인물인 안용복이었습니다. 인터넷을 통해 조사한 내용을 가지고 유천이는 일어서서 발표를 시작했습니다.

"제가 조사한 것은 안용복입니다. 안용복은 조선의 숙종 시대 사람인데요, 그 당시 조선에는 울릉도 부근에 물고기가 많아서 어부들이 고기를 잡으러 많이 나갔습니다. 어느 날 동래와 울산 어부 사십 명이 울릉도로 고기를 잡으러 갔다가 일본 오오타니 가문에서 보낸 일본 어부들과 만나게 되었습니다. 두 나라의 어부들이 서로 독도가 자기네 땅이라고 싸우니까 일본 어부들은 조선 어부들에게 조선의 대표를 보내면 협상을 하겠다고 했습니다. 그래서 대표로 가게 된 사람이 안용복과 박어준입니다. 그런데 이 사람들이 일본 배에 올라가자 일본 선원들은 안용복을 납치해서 일본으로 끌고 가 버렸습니다."

아이들은 그제야 조금씩 발표에 집중하기 시작했습니다. 우리나라 사람을 일본인들이 납치했다니까 그 뒤 어떻게 되

었나 궁금했기 때문입니다.

"일본에 도착한 안용복은 일본 호키주 태수가 심문하는데도 당당하게 말했습니다. 울릉도는 조선의 영토이고 조선 영토인 울릉도에 조선 사람이 들어간 것은 당연한 일이니 일본 사람들이 간섭하면 안 된다고요. 그뒤에도 안용복은 일본의 가는 곳마다 울릉도가 조선의 땅이며, 그곳에 와서 어업을 하는 일본 사람들은 잘못된 행동을 했다고 지적을 했습니다. 이때 도쿠가와 막부의 우두머리인 관백이 안용복의 이야기를 듣고 문서를 써 주었습니다. 그 내용은 울릉도와 독도는 일본의 영토가 아니라는 것입니다. 이 문서를 준 다음에 안용복을 잘 대접해서 조선으로 보내라고 했습니다. 그래서 일본 사람들은 안용복에게 독도가 일본 땅이 아니라고 써 주었기 때문에 지금까지도 안용복을 미워하고 있습니다."

선생님은 박수를 쳐 주었습니다.

"아주 잘 했어요. 독도가 우리 땅인지 아닌지를 떠나서 일본하고 본격적으로 다투게 된 게 바로 안용복 사건이지요. 일본은 그렇게 써 주고도 이때부터 독도를 죽도(다케시마)

54

라고 부르면서 빼앗기 위해서 애를 썼어요."

유천이의 발표 이후에도 아이들의 발표는 계속 이어졌습니다. 한참 토론이 뜨거워지는데 여관 주인이 방으로 들어와 말했습니다.

"여기, 박유천이라고 있어?"

"네, 전데요."

"응, 너구나. 전화 좀 받아 봐라. 핸드폰이 꺼져 있다더라."

발표를 위해서 유천이는 핸드폰을 끈 것입니다.

"누군데요?"

"너희 형이라는데? 독도에서 전화했대."

"어, 정말이요?"

아이들은 모두 유천이를 쳐다보았습니다. 여관 사무실로 달려간 유천이는 전화기에다 대고 말했습니다.

"형, 나야, 유천이!"

"그래? 잘 도착했구나. 그런데 핸드폰을 안 받더라."

"우리 지금 토론 중이라서 핸드폰 껐어."

"그렇구나. 내일 독도 유스호스텔에 올 거지?"

"응."

"그래그래, 너희들 오길 기다리고 있어. 우리 부대 형들도 너희들 다 기다리고 있고."

"음, 알았어 형. 내일 만나."

"그래, 지금 일본이랑 긴장 상황이라서 비상이 걸릴지도 모르겠지만, 아마 별일은 없을 거야. 내일 보자."

"응, 형. 내일 봐."

유천이는 형의 전화를 받자 가슴이 뿌듯했습니다. 전화를 끊자마자 유천이는 아이들을 향해 자랑스럽게 말했습니다.

"우리 형이야. 독도에서 전화했어."

그러자 선생님이 말했습니다.

"그래, 유천이 형이 나라를 지키기 위해 아주 훌륭한 일을 하시는구나. 여러분, 독도를 지키는 유천이 형과 독도를 지키는 해안경비대원들에게 박수 한 번 쳐 볼까요?"

아이들은 일제히 박수를 보냈습니다. 그 소리를 형과 형의 경비대원들이 듣지는 못하지만 유천이는 마치 자기가 박수를 받는 것처럼 괜스레 우쭐해졌습니다. 어서 내일이 되어 형을 한시라도 빨리 만나고 싶었습니다.

그 뒤 두어 사람의 발표와 토론이 끝나고 아이들은 여관 창

57

문으로 보이는 바닷가를 배경으로 재잘재잘 떠들었습니다. 유천이는 파도가 잔잔히 치는 밤바다를 지긋이 바라보았습니다. 울릉도가 이렇게 아름다우니 독도는 얼마나 아름다울까 하는 생각이 문득 들었습니다.

아름다운 독도

다음 날 일찍 아이들은 일어나서 항구로 나갔습니다. 그리고 독도로 가는 관광선에 탔습니다. 배는 이윽고 속도를 높이며 바다를 헤쳐 나갔습니다. 독도로 가는 수많은 관광객들은 모두 가슴이 설레어 바다를 내다보았습니다. 바다는 마치 물감을 그대로 풀어놓은 것처럼 선명한 파란색을 띠었습니다. 유천이네 반 아이들은 입을 모아 노래를 불렀습니다.

"울릉도 동남쪽 뱃길 따라 이백 리 외로운 섬 하나 새들의 고향~"

노래를 부르고 게임을 하자 어제처럼 멀미가 덮쳐 오지 않았습니다. 아무래도 한 번 뱃멀미를 했더니 조금은 적응이

된 것 같았습니다. 덕분에 아이들은 배 위에서 신나게 놀았습니다. 어제의 쾌속선보다는 느리게 달려서인지 바다를 더 가까이 볼 수 있었습니다. 뱃전에서 아래를 내려다보면 마치 바다 위를 걷는 듯한 느낌이 들었습니다.

이제 저 바다만 건너면 그토록 고대하던 독도를 볼 수 있다는 생각에 유천이는 가슴이 뛰었습니다. 어제 형의 목소리를 들었을 때 그렇게 기분이 좋을 수가 없었습니다. 그때는 마치 독도에 미리 가 있는 듯한 느낌이 들었던 것입니다. 그리고 이제 진짜로 독도를 향해 배는 힘차게 전진하고 있었습니다.

이윽고 까마득하게 보이던 독도가 점점 가까이 다가오자 선장이 방송으로 말했습니다.

"자, 저것이 바로 독도입니다. 오른쪽이 동도, 왼쪽이 서도입니다. 참 아름답지요?"

갈매기들이 온통 독도 주위를 날아다니는 것이 보였습니다. 아이들은 모두 왜가리처럼 고개를 내밀고 독도를 바라보았습니다. 산꼭대기 등대를 겸한 하얀색 초소 위로 태극기가 휘날리고 있었고 검은색 제복을 입고 있는 경비대의 모습도 개미처럼 작게 보였습니다. 강하게 부는 바닷바람과 배의 엔진 소리 때문에 독도까지 들릴 리는 없었지만, 유천이는 독도 쪽을 향해 힘껏 외쳤습니다.

"형! 나 왔어!"

독도를 한 바퀴 돈 배는 독도 선착장에 닿았습니다. 차례대로 사람들이 내리자 경비대원들이 나와서 반갑게 맞아 주었습니다. 유스호스텔 직원도 나와 있었습니다.

"어서 오세요. 유스호스텔은 이쪽입니다."

"얘들아, 일단 유스호스텔에 가서 수속을 하자."

선생님은 아이들을 이끌고 유스호스텔로 들어갔습니다. 유스호스텔은 동도와 서도를 연결해서 지은 작지만 아름다운 건물이었습니다. 높이는 5층이고 각방마다 베란다 난간이 아름답게 꾸미고 있었습니다. 자연석으로 지은 이 유스호스텔은 독도의 풍광과 아주 잘 어울렸습니다. 일본은 이 유스호스텔을 지을 때 엄청난 반대를 했었습니다. 자기네 땅을 한국 멋대로 개발했다는 것입니다. 하지만 대통령은 강력하게 유스호스텔 건설 계획을 밀어붙였습니다.

"독도는 우리 영토입니다. 우리가 일본이 자신들 영토에 무슨 건물을 짓든 상관하지 않는 것처럼 일본도 우리가 독도에 무슨 건물을 짓든 신경 쓰지 말기 바랍니다."

그래서 모든 공사가 끝나자 우리나라 사람들이 유스호스텔에 머물면서 생활할 수 있게 된 것입니다.

이곳 유스호스텔은 친환경적인 시설로 되어 있었습니다. 태양광과 바닷바람으로 전기를 만들었고, 유스호스텔에서 나오는 모든 쓰레기는 자연 분해가 되도록 처리한 뒤, 남김없이 육지로 실어 날랐습니다. 그렇기 때문에 독도의 천연 환경에 아무런 지장을 주지 않았습니다.

초현대식 유스호스텔에 짐을 풀고 아이들은 신이 나서 바깥으로 달려 나왔습니다. 새로운 환경에 처하니 너무나 신났기 때문입니다. 그때 유천이를 찾는 목소리가 들렸습니다.

"유천아!"

유천이가 밖을 내다보니 언제 왔는지 제복을 입은 형이 웃으며 서 있었습니다.

"형!"

달려가서 유천이는 형을 껴안았습니다. 형은 유천이를 번쩍 안아 빙빙 돌리더니 말했습니다.

65

"잘 왔다, 잘 왔어. 내가 얼마나 너희들이 오기를 기다렸는데."

선생님도 형에게 인사했습니다.

"안녕하세요."

"아, 담임선생님이신가요? 반갑습니다. 저는 박유식이라고 합니다."

형은 선생님에게 인사하고 얼굴을 살짝 붉혔습니다. 예쁜 선생님을 보자 갑자기 가슴이 뛰었던 것입니다.

"자, 그러면 우리 경비대 구경하러 가야지?"

"네!"

선생님이 반 아이들 모두를 불러 모았습니다. 아이들이 옹기종기 로비에 모여 서자 형은 웃으며 아이들을 바라보더니 다정한 목소리로 주의 사항을 말했습니다.

"자, 신발끈들 잘 매세요. 경비대 초소에 올라가려면 계단을 많이 올라가야 해요."

원래 아무나 경비대를 구경할 수 있는 것은 아닙니다. 초소는 엄연히 국가 안보 시설이었기 때문입니다. 하지만 형의 부탁으로 특별히 유천이네 반 아이들은 경비대를 구경할 수 있게 되었습니다.

"자, 가자."

다른 곳에서 수학여행을 온 아이들은 모두 부러워했습니다.

"우리도 가고 싶은데……."

"선생님, 우리는 왜 초소에 못 가요?"

떼를 써 봐도 소용이 없었습니다. 초소에 가는 건 유천이네 학급 아이들만의 특권이었습니다. 그래서 유천이네 반 아이들은 어깨가 으쓱했습니다.

유스호스텔을 나와 한참 계단을 올라 깎아지른 듯한 바위 위에 있는 초소 문을 열고 들어가자, 보초를 서던 경비대원들이 아이들을 반갑게 맞았습니다.

"어서 와라. 반갑다."

아이들은 경비대원들이 차고 있는 총과 온갖 무기를 보며 신기해했습니다.

"우와! 진짜 총이야, 진짜 총!"

유천이도 총을 보는 건 처음이었습니다. 초소 안으로 들어간 유천이는 주위를 둘러보았습니다. 사방으로 난 창마다 경비대원들이 밖을 보며 독도를 지키고 있었습니다. 무전 장비와 무기가 가득한 걸 보니 정말 우리 영토를 지키는 건 어려운 일이라는 생각이 들었습니다. 유천이는 가슴이 뛰기 시작했습니다. 그때 초소 안에 있던 부대장님이 나와서 유천이네 반 아이들을 맞았습니다.

"여러분, 환영합니다. 여기까지 배 타고 오느라 정말로 수고하셨습니다. 그러면 이제부터 잠깐 영화를 보고, 초소 안의 시설을 구경하겠습니다."

불이 꺼지고 이윽고 앞에 있는 스크린에서 그림이 떠올랐습니다. 그것은 독도를 소개하는 동영상이었습니다. 동영상은 독도가 얼마나 중요한지, 그리고 독도를 지키기 위해서 한국 정부와 경비대, 시민단체 등이 어떤 노력을 하는지를 자세히 설명해 주었습니다. 아이들은 넋이 빠져서 동영상을 보았습니다.

이윽고 비장한 모습으로 독도를 순찰하고 있는 경비대의 모습이 비춰졌습니다. 유천이는 그 경비대의 얼굴 위에 형의 얼굴을 겹쳐 보았습니다. 유천이가 본 경비대 제복을 입은 형은 정말로 멋있었습니다. 그래서인지 저렇게 씩씩하게 독도를 순찰하는 모습이 형과 참으로 잘 어울렸습니다.

영화 상영이 끝나고 불이 켜지자 아이들은 모두 숙연한 얼굴로 자리에 앉아 있었습니다. 안내하는 경비대원이 앞에 나가 설명을 시작했습니다.

"이 동영상은……."

바로 그때였습니다.

"비상, 비상!"

왜애애앵 하고 사이렌 소리가 울리며 갑자기 사람들이 황급히 뛰는 소리가 요란했습니다.

"무, 무슨 일이죠?"

선생님이 깜짝 놀라 물었습니다. 그러자 뛰어 들어온 경비대장이 당황한 얼굴로 말했습니다.

"선생님, 빨리 아이들을 데리고 여길 빠져나가서야 합니다."

"네? 무슨 일인데 그래요?"

"일본군이 우리 영해를 침범했습니다."

"뭐라고요?"

"빨리 유스호스텔로 내려가 주세요. 침착하게 줄을 서서

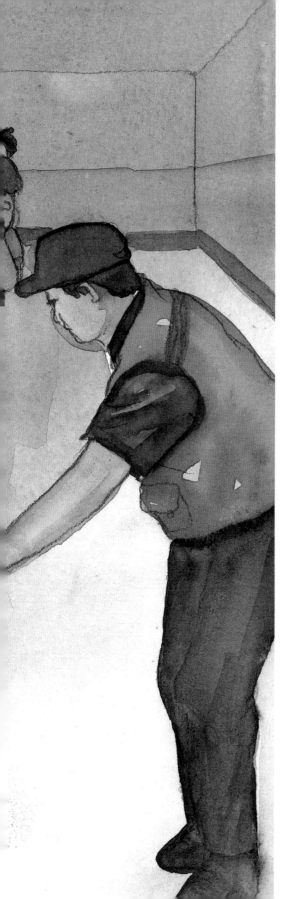

나가면 됩니다."

"엄마! 어떡해!"

"무서워!"

아이들은 모두 울상이 되었습니다. 일본군이 쳐들어왔다는 말을 듣자 당황한 것입니다. 유천이는 이게 꿈인가 생신가 싶었습니다. 오래전부터 걱정했던 일이 결국 터졌다는 생각이 들었습니다.

"자자, 얘들아. 빨리빨리 유스호스텔로 가자."

선생님은 침착하게 아이들을 이끌었습니다. 유천이는 걱정이 되었습니다. 만약에 일본군이 진짜 쳐들어와서 전쟁이라도 벌인다면 형이 다치지 않을까 하는 생각이 들었던 것입니다.

"형, 어떡해……."

"걱정하지 마, 유천아. 형은 신경쓰지 말고 빨리 가. 유스호스텔에 가면 방공호도 있고 대피처도 있으니까 거기 숨어 있으면 안전할 거야. 별일 없을 거야."

"형, 조심해. 다치지 말고."

"응, 알았어. 유천이도 다치지 마."

경비대장의 명령에 따라서 경비대원들은 모두 자기가 맡은 바 자리로 뛰어갔습니다. 아이들은 두려움에 떨면서 초소를 나와 계단을 내려갔습니다. 유천이는 차마 떨어지지 않는 발걸음을 옮겼습니다.

유스호스텔을 향해서 마구 달려가는데 하늘에는 이미 헬리콥터가 출동했고, 우리 공군 전투기도 귀를 찢을 것처럼 요란한 소리를 내며 날아다니고 있었습니다. 이 모든 것이 실제 상황이었습니다. 공포와 두려움에 떨며 드디어 유스호스텔에 도착했습니다. 유스호스텔 직원들은 유천이네 반 아이들이 들어오자마자 문을 잠갔습니다. 이미 모든 유리창은 커튼이 드리워진 채 굳게 닫혀 있었습니다. 유스호스텔 직원이 말했습니다.

"여러분, 이 유스호스텔 지하에는 암반을 파서 만든 방공호가 있습니다. 모두 그리로 내려가 주세요. 걱정하지 말고 침착하세요."

선생님과 아이들은 모두 황급히 지하로 내려갔습니다. 유천이는 그 와중에도 형이 무사하기만을 간절히 빌고 있었습니다.

'하느님, 우리 형에게 아무 일도 생기지 않게 해 주세요.'

마침내 일본군들은 참다못해 독도를 무력으로 빼앗으려고 해군을 보낸 것입니다. 일본군의 기습 공격에 한국의 독도 경비대도 경고 사이렌을 울리며 독도를 지키기 위해 잔뜩 경계하며 전투 태세에 돌입하고 있었습니다. 경비대장이 몇 번이고 무전을 통해 말했습니다.

"그대들은 한국 영토에 침입했소. 물러나시오. 다시 한 번 경고하오. 물러나시오. 여기는 대한민국 영토요!"

그러자 일본군 측에서 답신이 왔습니다.

"독도는 우리의 땅이오! 이 기회에 독도가 우리의 땅이라는 것을 실력으로 보여 주기 위해서 왔소! 모두 항복하고 무

의미한 희생을 내지 않기 바라오!"

일본군은 물러날 생각이 전혀 없었습니다.

"아무래도 안 되겠다. 저자들이 물러가지 않으니 다음 절차를 밟을 수밖에……."

경비대장은 결국 사격 명령을 내릴 수밖에 없었습니다.

"경고사격 실시!"

경비대원들의 총이 일본군을 향해 일제히 불을 뿜었습니다.

75

"타타타타!"

이 총소리는 유스호스텔 밑에 숨어 있던 사람들에게도 들렸습니다.

"이게 무슨 소리야? 총소리야?"

"그, 그렇다면 진짜 전쟁이 일어난 건가?"

방공호에 있던 사람들은 모두 두려움에 떨었습니다. 우리 측에서 경고사격을 하자 곧바로 일본군이 함대에서 함포를 쏘기 시작했습니다.

"쿵! 쿵!"

포탄은 요란한 소리를 내며 날아오더니 독도 여기저기에서 폭발했습니다. 그러자 온통 섬이 흔들리며 고막을 찢는 소리가 들렸습니다. 동시에 바닷물도 크게 요동쳤습니다. 사방이 포탄 터지는 연기로 자욱했습니다.

치열한 전투

유천이는 몇 시간 동안이나 방공호에 엎드려 눈물을 흘리며 기도했습니다.

"하느님, 형을 살려 주세요, 형을 살려 주세요. 일본군들이 빨리 물러나게 해 주세요."

선생님은 측은한 눈빛으로 무릎을 꿇고 간절히 빌고 있는 유천이를 바라보았습니다.

한편 다른 아이들은 여전히 두려움에 아무런 말도 하지 못하고 있었습니다. 몇몇 아이들은 엉엉 울었고, 심지어 오줌을 싼 아이도 있었습니다. 총소리와 대포 소리는 점점 커졌고, 더욱 잦아졌습니다.

"타타타타!"

"쿵쿵!"

"콰광!"

그럴수록 사람들은 더욱 불안에 떨었습니다. 방공호에 있
던 몇몇 청년들은 유스호스텔 담당자에게 항의하고 있었습
니다.

79

"우리를 내보내 달라니까요! 우리도 가서 싸워야 될 게 아닙니까."

그러자 담당자가 이들을 만류하는 손짓을 하며 말했습니다.

"여러분, 침착하십시오. 전투는 경비대원들에게 맡기고, 우리 같은 일반인들은 여기에 그냥 숨어 있는 게 도와주는 겁니다."

하지만 방공호도 완벽하게 안전하진 않았습니다. 계속해서 포탄 소리가 울려 퍼지니까 진동이 이어지다가 방공호 부근에서 포탄이 터지면 위에서 시멘트 조각이 떨어져 내렸습니다.

"엄마야!"

"엄마, 살려 줘!"

그럴 때마다 아이들은 머리를 감싸고 웅크렸습니다.

"여보세요! 엄마!"

몇몇 아이들은 핸드폰으로 부모님에게 전화를 하려 했지만 이미 핸드폰은 먹통이 되어 있었습니다. 무선통신 안테나 탑이 폭발로 인해 다 무너졌기 때문입니다.

방공호에 숨어 있는 사람들은 몰랐지만 이미 독도 가까운 바다에서는 치열한 전투가 벌어지고 있었습니다. 일본 군함에서 이륙한 헬기가 독도 부근까지 날아와 미사일 공격을 하고 있었습니다. 참호 속에 숨어 있던 경비대원들도 저 멀리 떠 있는 일본 군함을 향하여 끊임없이 총과 포탄을 쏘았습니다. 하지만 멀리 떨어져 있는 배에 정확하게 포격을 해서 맞추는 것은 어려웠습니다. 게다가 경비대원들 중에서도 총에 맞고 쓰러지는 사람들이 생겨났습니다. 설상가상으로 이제 공격은 유스호스텔 쪽으로 집중되고 있었습니다.

　"부대장님! 놈들이 유스호스텔 쪽으로 포탄을 쏘고 있습니다!"

　"유스호스텔이 눈에 가시였던 모양이군. 안에 관광객들이 잔뜩 있는데…… 아무튼 최대한 빨리 지원을 요청하도록!"

　경비대원이 무전을 보내자 이윽고 날아온 한국 공군 전투기가 일본 군함에 대해서 경고사격을 했습니다. 군함 부근의 바다에 흰 거품이 일었습니다. 하지만 일본 군함은 경고사격을 무시하고 이번엔 전투기를 향해 미사일을 발사했습니다. 미사일이 날아오는 걸 피한 전투기도 일본 군함을 향

해 본격적인 공격을 퍼부었습니다. 워낙 급박
한 상황이라 동해를 지키는 한국 군함이 이곳
까지 오려면 시간이 필요했기 때문에 공중전
을 펼친 것입니다. 얼마 지나지 않아 일본군
쪽에서도 전투기가 날아왔습니다. 공중에서
양국의 전투기들이 서로 공격 기회를 노리며
비행하고 있었습니다.

그동안 유스호스텔은 일본군의 포격으로 인해 화재가 발생하고 여기저기 벽이 무너져 내리고 있었습니다. 방공호도 더 이상 안전하지 않게 된 것입니다. 언제 무너질지 모르는 상황이 된 것입니다.

아무리 경고해도 일본군이 듣지 않게 되자 한국군 사령부에서 명령을 내렸습니다.

"일본군들이 경고사격을 듣지 않습니다. 물러나지도 않습니다."

"할 수 없다. 미사일을 발사해라."

발사 명령이 떨어지기 무섭게 한국 전투기들은 일본 군함을 향해서 일제히 미사일을 발사했습니다. 미사일은 정확하게 배의 옆면을 강타했습니다. 물기둥이 치솟고 불기둥이 치솟았습니다. 그 서슬에 군함은 전투력을 잃어버렸습니다. 연이어 한국 전투기의 폭격이 이어졌습니다. 일본 군함은 완전히 불길에 휩싸였습니다. 바다에 뛰어든 일본군의 모습도 보였습니다.

"마지막으로 경고한다. 어서 대한민국 영해에서 물러나라."

그러자 마주 공격하려던 일본군 전투기가 더 이상 공격을 하지 않았습니다. 일본 정부에서 후퇴를 명령했기 때문입니다. 일본 군함은 결국 포격을 멈추고 동쪽으로 빠져나가려 방향을 틀었지만 전투기는 계속 폭격했습니다. 남의 땅을 노리는 자들을 무찌르라고 만든 것이 군대였습니다. 마침내 일본 군함은 바다에 가라앉기 시작했습니다. 따라온 다른 일본 군함과 전투기가 공해상으로 빠져나간 뒤에야 전투는 끝이 났습니다.

경비대장이 대원들에게 말했습니다.

"피해 상황을 보고하라."

"경비대원 다섯 명이 부상을 당했습니다만, 다행히 사망한 대원은 없습니다."

유천이의 형 유식이도 포탄 파편 때문에 팔을 조금 다쳤지만 큰 상처는 아니었습니다.

"부상자를 후송할 준비를 하고 이차 도발이 있을지 모르니까 경계를 게을리하지 말도록!"

경비대장의 명령에 따라 대원들이 정신없이 부상자를 챙기고 있을 때였습니다. 피해 상황을 조사하기 위해 유스호스텔에 갖다 온 대원이 말했습니다.

"유스호스텔은 반 이상이 무너졌습니다."

그 말을 들은 경비대장은 당황했습니다. 학생들이 애꿎게 피해를 입었을까 걱정되었기 때문입니다.

"안에 있는 사람들이 위험하다. 남은 병력을 보내 빨리 사람들을 구조하도록 하라."

잠시 후 육지에서 군용 헬기가 여러 대 날아왔습니다. 보충 병력이 보강되고 부상당한 경비대원들은 그 헬기에 실려 갔습니다. 독도의 경계가 더욱 철통같이 강화되었습니다. 지금까지는 경찰이 경비했는데 군인들이 속속 들어와 임무를 맡았습니다. 전쟁 상태가 되고 만 것입니다.

유스호스텔에 있던 유천이네 반 아이들은 비로소 바깥으로 나올 수 있었습니다. 방공호에서 나온 사람들은 포격 때문에 여기저기가 망가진 독도를 보며 탄식을 했습니다.

"어머 세상에!"

"이렇게 끔찍할 수가……."

사방에서 불길이 치솟고 그 아름답던 땅은 모두 여기저기 움푹움푹 파여 있었습니다. 초소는 완전히 일본군의 포격에 아름답던 하얀 모습은 온데간데 없이 시커먼 연기만 내뿜었습니다.

"형! 형!"

제복을 입은 한 경비대원을 무작정 붙들고 유천이는 물었습니다.

"우, 우리 형 어떻게 됐어요? 괜찮아요?"

"너무 걱정하지 마. 너희 형 별로 안 다쳤어. 안 그래도 너 걱정할까 봐 나더러 지금 내려가 보라고 그랬단다. 너도 괜찮지?"

"네, 안 다쳤어요. 아저씨, 지금 우리 형 보러 가면 안 돼요? 나 형 보러 갈래요."

"미안하지만 그건 안 돼. 너희 형은 지금 부상자들을 호송하고 있어서 많이 바쁘단다. 걱정하지 않아도 돼."

그래도 유천이가 마음 놓지 못하는 눈치이자 경비대원은 허리에 차고 있던 무전기를 켜더니 말했습니다.

"박유식 상경, 여기 동생이 찾고 있다. 나와라, 이상."

유천이는 떨리는 마음으로 형의 목소리가 나오길 기다렸습니다. 한참 뒤에 형의 목소리가 들렸습니다.

"유천아, 형이야. 무사해?"

"혀엉!"

형의 목소리를 듣자 유천이는 다리에 힘이 풀려 그 자리에 주저앉고 말았습니다.

"우아아앙! 형! 어어엉!"

형이 죽었는 줄로만 알고 마음 졸였던 유천이는 눈물을 펑

평 쏟았습니다. 온몸의 힘이 빠져서 움직일 수도 없었습니다.

"엉엉엉엉!"

통곡하는 유천이를 보며 같이 걱정하던 우석이와 민지는 안도의 한숨을 내쉬었습니다.

"얼마나 무서웠다구. 형, 죽은 줄 알았잖아. 엉어어엉!"

유천이는 눈물 콧물 흘리며 형에게 너무 무서웠다고 흐느끼며 하소연을 했습니다.

"괜찮아, 무사하면 된 거야. 형도 팔 좀 긁힌 것 빼곤 하나도 안 다쳤으니까, 이제 그만 울어. 일본군들 이제 패배해서 후퇴했어."

형의 목소리는 흥분되어 있었습니다. 이제 막 목숨을 걸고 전투를 벌였기 때문입니다. 그 목소리에 유천이는 차츰 마음이 안정되는 느낌이었습니다. 그때였습니다. 선생님의 찢어지는 듯한 목소리가 들린 것은.

"여기 좀 도와주세요. 학생이 다쳤어요."

연기 사이를 뚫고 사람들이 몰려갔습니다. 가서 보니 민석이가 선생님 앞에 서서 왼팔을 감싸 쥔 채 울먹이고 있었습

90

니다. 알고 보니 민석이는 천장에서 떨어지는 벽돌에 왼팔을 맞아 제대로 움직이지 못하고 있었습니다.

"민석아, 팔은 괜찮아?"

"선생님, 팔이 너무 아파요. 조금만 움직이려고 해도······ 아야야!"

"어쩌지, 팔이 부러진 것 같은데? 여기 응급처치할 만한 데 없나?"

"아까 벽돌에 너무 세게 맞았어요."

민석이에게 위생병 아저씨가 달려왔습니다. 그러고는 붕대를 감아 주더니 부러진 것 같으니 육지의 병원에 가 봐야 한다고 했습니다.

그러고 보니 민석이가 다친 것을 빼고는 나머지 아이들은 모두 무사했습니다.

"곧 육지에서 관광객 후송할 헬기가 올 겁니다. 기다려 주세요."

새로 온 군인 아저씨가 다가와 큰 소리로 말했습니다. 아이들은 약간 안심이 되었습니다.

하지만 아이들은 독도가 무참하게 일본군의 포격에 의해

파괴되고 아직도 연기가 나는 것을 보고 이를 갈지 않을 수 없었습니다.

"우리 아름다운 독도를……."

"정말 너무해, 흑흑흑!"

여자아이들은 마음이 아파 울었습니다. 그중에서도 하마터면 형을 잃고 자기도 죽을 뻔한 유천이의 분노가 제일 컸습니다.

독도는 우리 땅

한두 시간 뒤 커다란 군용헬기가 여러 대 날아왔습니다. 관광객들과 부상자들을 모두 육지로 실어 나르기 위해서 온 것이었습니다. 하늘이 까맣도록 날아오는 여러 대의 헬기를 보면서 철없는 용철이가 말했습니다.

"와, 우리도 헬기 탈 수 있겠다. 옛날부터 타고 싶었는데."

"야, 지금 그게 문제냐? 다들 많이 다치고 독도도 여기저기 망가졌는데."

부상이 심한 사람들부터 가장 먼저 헬기를 타고 육지로 향했습니다. 관광객들은 맨 마지막 순서였습니다.

"자, 빨리빨리!"

아이들은 발걸음을 옮겼습니다. 어린이들부터 먼저 타기로 했던 것입니다. 아이들이 나누어 타자, 이윽고 문이 닫히고 헬기가 하늘로 떠올랐습니다. 전쟁이나 다름없는 상황이 벌어졌기 때문에, 명령에 따라 급하게 민간인들을 독도에서 철수시키는 것이었습니다.

"휴, 살았다."

아이들은 전투가 끝났다는 사실에 안도하면서 한숨을 내쉬었습니다. 그러면서도 여전히 두려움과 공포에 떨었습니다. 민석이는 붕대로 팔을 묶은 채 누워 있었습니다. 선생님이 걱정스러운 얼굴로 바라보며 이마에 맺힌 땀을 닦아 주었습니다.

하늘 높이 뜬 헬기 안에서 보니 바다에는 온통 일본 군함의 잔해들이 떠돌아다니고 있었습니다. 아직도 반 넘게 파괴된 유스호스텔에서는 연기가 치솟았습니다. 그걸 보면서 유천이는 생각했습니다. 독도는 정말로 우리 땅이고, 이걸 지키기 위해서는 온몸을 바쳐서 싸워야 한다는 사실을 실감했습니다.

누워 있던 민석이가 유천이에게 말했습니다.

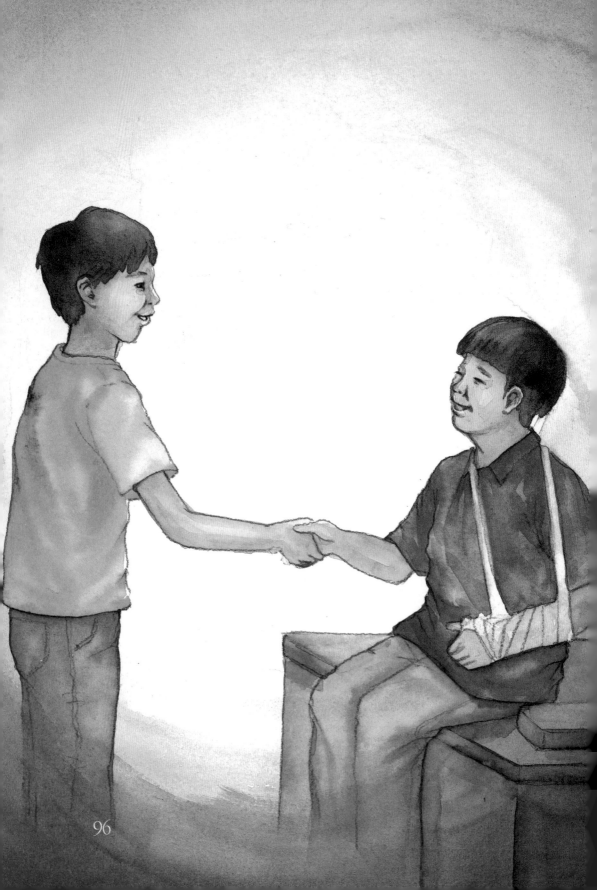

"유, 유천아."

"응?"

아직도 유천이에 대해선 감정이 좋지 않은 민석이입니다.

"유천아, 미안해."

"응, 뭐가?"

"그때 독도 토론할 때 싸운 거……."

"……."

"너희 형 멋있었어. 나 부끄러워. 그리고 나 사과할게."

"뭘?"

"너희 형이 얼마나 훌륭한 일을 하는지 오늘 보고 알았어.
그리고……."

"그리고 뭐?"

"일본 사람들 정말 나빠. 남의 땅을 강제로…… 암튼 미안
해."

　그 말을 듣자 유천이의 마음속에서도 민석이에 대한 미움
이 서서히 녹아내렸습니다. 생각해 보면 한순간의 감정을
이기지 못하고 민석이한테 마구 소리를 지른 자신도 별로 잘
한 건 없었습니다.

"아냐. 나도 미안해."

민석이와 악수를 나누며 유천이는 민석이와 앞으로 사이 좋게 지내야겠다는 생각이 들었습니다.

한 시간 남짓 바다 위를 날아간 헬기는 이윽고 강릉 비행장에 도착했습니다. 가장 가까운 곳에 간 것입니다. 비행장에 헬기가 착륙하자 이윽고 헬기의 문이 열렸습니다.

"얘들아, 이제 내려라!"

아이들을 안내하는 군인 아저씨가 말했습니다. 아이들이 아저씨의 손을 잡고 헬기에서 뛰어내려 하나둘씩 고개를 숙이고 저만치에서 기다리는 가족들에게 달려갔습니다.

"영민아!"

"민지야!"

기다리고 있던 부모들이 아이들 이름을 부르며 달려와서 아이들을 반겼습니다. 유천이의 엄마 아빠도 와서 기다리고 있었습니다.

"유천아!"

"엄마! 아빠!"

유천이의 부모님은 연락을 받자마자 얼른 헬기장으로 달

려온 것입니다. 유천이가 무사한 것을 본 유천이의 엄마는 유천이를 꼭 껴안았습니다.

"우리 아들, 괜찮아? 많이 무서웠지?"

"엄마, 난 괜찮아. 아까 형이랑도 무전으로 연락했는데 무사하다고 그랬어."

유천이의 아빠 역시 유천이의 어깨를 두드리며 안도의 한숨을 쉬었습니다.

"잘했다, 우리 아들. 잘 견뎠어……."

한편 민석이네 아빠는 들것에 실려 있는 민석이를 보자 감정이 북받쳐 울음을 터뜨리고 말았습니다.

"아이고 민석아, 어쩜 이럴 수가 있냐!"

민석이 아빠는 민석이의 팔을 어루만졌습니다. 붕대 위로 눈물이 뚝뚝 떨어졌습니다.

"아빠……."

민석이도 눈물을 흘렸습니다.

비행장 밖으로 나오자 기자들이 몰려들었습니다.

"박유천 군! 박유천 군이시죠? KBC 방송국에서 나왔습니다. 형님께서 독도 해안경비대라면서요?"

"네? 아, 네."

갑자기 카메라가 자신을 향해 플래시 세례를 퍼붓자 유천이는 당황해서 어쩔 줄 몰랐습니다.

"다치진 않았어요?"

"저희 형은 무사해요."

"유천 군은 어땠나요?"

"저는 방공호에 숨어 있어 가지고 잘 몰라요. 그런데 일본군이 포탄을 막 쏴서 죽는 줄 알았어요."

여기저기서 기자들이 관계자들에게 인터뷰를 했습니다. 한동안 북새통이 이어지고 어린이들이 하나씩 둘씩 부모의 차에 올라 공항을 빠져나가자 한 기자는 카메라를 보며 보도를 하고 있었습니다.

"네, 독도 사태에 대해 보고드립니다. 갑작스런 일본의 독도 침공으로 인한 한국 측의 피해자는 현재까지 군인을 포함해서 사망 두 명, 그리고 부상 열일곱 명입니다. 그리고 수학여행 갔던 어린이들과 관광객들도 모두 돌아왔습니다. 이제 더 이상 독도에 민간인은 없는 모양입니다."

외국 기자들도 벌 떼처럼 몰려와 이 사태를 취재하고 있었습니다. 다른 방송사의 기자가 와서 한마디 하라고 했습니다. 마이크에 대고 유천이는 말했습니다.

"형, 무사해! 절대 죽으면 안 돼!"

한 기자는 민석이에게도 마이크를 들이댔습니다.

"아, 학생은 부상을 당했군요. 이번 사태에 대해 어떻게 생각하세요?"

그러자 민석이는 눈물을 흘리며 말했습니다.

"저는 일본을 좀 좋아했어요. 그런데 이제 보니까 너무해요. 엉엉엉! 일본 나빠!"

민석이가 눈물을 흘리자 기자들이 몰려와 마구 사진을 찍었습니다.

어수선한 비행장은 시간이 지나 사람들이 하나둘 빠져나가자 조용해졌습니다.

"아빠, 형은 용감해요. 그러니까 너무 걱정하지 마세요."

돌아오는 차 안에서 유천이는 쑥 큰 것처럼 말했습니다.

"그래, 유천이 말이 맞다. 나라를 지키기 위해서 가 있으니까 어쩔 수 없지. 그런 위험이라면 이겨 낼 수 있어야 해."

유천이의 엄마는 두 손을 모아 기도를 했습니다.

"하느님 아버지, 우리 아들 유식이, 나라를 지키기 위해 독도에 있습니다. 우리 아들을 죽음으로부터 지켜 주시고, 더 이상 불행한 일이 생기지 않게 도와주세요. 우리 땅을 굳게 지키는 유식이에게 축복을 내려 주세요."

엄마의 기도를 들으며 유천이는 생각했습니다. 독도를 지킨다는 건 단순히 땅을 지킨다는 의미가 아니었습니다. 우리 민족의 자존심을 지키는 것이었습니다. 우리가 이 지구상에서 올바르고 떳떳하게 살려면 독도를 지켜 냄으로써 우리 민족의 자긍심을 지켜야 한다는 것을 유천이는 비로소 알았습니다. 유천이도 엄마를 따라 기도하면서 형의 안전을 빌었습니다. 그리고 어른이 되면 우리 민족을 위해 최선을 다하는 일꾼이 되리라 굳게 다짐했습니다.

103